BAND 332

Club Taschenbuch

Die österreichische Kinderbibliothek

Redaktion der Club-Taschenbuchreihe:

Inge Auböck

Umschlaggestaltung: Carola Holland

Gesetzt nach den Regeln der neuen deutschen Rechtschreibung

Druck und Bindung: Finidr, s.r.o., Český Těšín, Tschechien

ISBN 978-3-85197-910-7

Pädagogische Arbeitsblätter zu diesem Titel downloadbar auf

www.obelisk-verlag.at

Saskia Hula

Besetzt!

mit Illustrationen
von Maria Stalder

Club Taschenbuch

OBELISK VERLAG

INHALT

Anna
+
Koni
hallo MIMI

1. GROSSE, SCHWARZE SCHUHE

In der Neun-Uhr-Pause ging Wanda aufs Klo.

Sie schaute rechts und links unter der Trennwand durch in die Nebenkabinen.

Schließlich wollte man ja wissen, neben wem man auf dem Klo saß.

Die rechte Kabine war leer.

In der linken Kabine stand ein Paar großer schwarzer Schuhe.

1 × 3 = 3
2 × 3 = 6
3 × 3 = 9
4 × 3 = 12
5 × 3 = 15
6 × 3 = 18
7 × 3 = 21
8 × 3 = 24
9 × 3 = 27
10 × 3 = 30

Aus den Schuhen schauten schwarze Socken heraus, und die wiederum verschwanden in schwarzen Hosenbeinen.

Dann war Schluss. Mehr konnte man unter der Trennwand nicht sehen.

„Auf dem Klo ist jemand!“, flüsterte Wanda Federica zu, als sie wieder auf ihren Platz kam. „Und er hat schwarze, riesige Schuhe an!“

„Sei leise, Wanda“, sagte Frau Stampfl, „und mach endlich deine Malreihen!“

Frau Stampfl mochte es nicht, wenn die Kinder während der Stunde aufs Klo gingen.

Trotzdem konnte sich Federica nicht lange zurückhalten. Sie rechnete die Malreihenkolonne fertig, und dann ging sie aufs Klo.

Als sie zurückkam, beugte sie sich aufgeregt zu Wanda. „Das sind aber sehr große Schuhe!“, flüsterte sie so laut, dass alle Kinder rundherum sie hören konnten. „So große schwarze Schuhe habe ich in der ganzen Schule noch nie gesehen.“

„Mach weiter, Federica!“, sagte Frau Stampfl. „Sonst wirst du nicht fertig.“

In der Pause wollten die anderen Mädchen wissen, worüber Wanda und Federica getuschelt hatten.

„Schwarze Schuhe?“, fragten sie und runzelten die Stirn.

Dann gingen sie aufs Klo, und zwar in Zweiergruppen, so, wie es in der Pause erlaubt war. Frau Stampfl freute sich, dass endlich alle Mädchen einmal zur richtigen Zeit aufs Klo gingen.

Die schwarzen Schuhe waren weg.

Aber dort, wo die schwarzen Schuhe gestanden waren, war ein roter Fleck auf dem Boden. Ein unauffälliger roter Fleck.

Wenn man nicht genau hinsah, konnte man ihn leicht übersehen.

Wenn man aber von den schwarzen Schuhen wusste, entdeckte man ihn sofort.

„Es könnte Blut sein!“, sagte Luise, als alle wieder in der Klasse waren.

Die anderen nickten. Luise kannte sich mit Blut aus, denn ihr großer Bruder war bei der Rettung und erlebte jede Menge blutige Geschichten.

Jetzt, da von Blut die Rede war, horchten auch die Jungen auf. „Hä?“, fragten sie. „Wovon redet ihr?“

Sie taten aber nur so, als fänden sie das alles übertrieben. In Wirklichkeit interessierte es sie natürlich auch. Sie hatten nur das Pech, dass der Blutfleck auf dem Mädchenklo war und nirgendswo anders.

2. EIN MESSER?

In der nächsten Stunde war Musik.

In Musik kam Herr Geigenbauer, der es mit Besuchen auf dem Klo nicht so genau nahm.

Er merkte kaum, dass die Jungen in kleinen Gruppen von drei oder vier die Klasse verließen. Während der Stunde konnten sie es schon mal wagen, aufs Mädchenklo zu gehen.

Schließlich ging es ja um die Sicherheit der Mädchen.

Die Jungen machten ernste Gesichter, als sie wieder zurückkamen. Sie warfen sich bedeutungsvolle Blicke zu und schüttelten schweigend die Köpfe, als die

Mädchen wissen wollten, ob sie wirklich gerade auf dem Mädchenklo waren.

Die Jungen sagten gar nichts.

Trotzdem kam irgendwoher das Wort „Messer".

Keiner hatte es als Erster gesagt, und doch war es da.

„Ein Messer?", ächzte Wanda. „Habt ihr echt eines gesehen?"

Die Jungen schwiegen.

„War Blut drauf?", fragte Federica mit zitternder Stimme.

Die Jungen schwiegen weiter.

„War es hellrot oder dunkelrot?" Luise wollte es ganz genau wissen.

Die anderen Mädchen schauerten, die Jungen schwiegen eisern. Aber sie waren ziemlich blass um ihre Nasen. Und das war der Beweis dafür, dass sie sich das Ganze nicht nur ausgedacht hatten, um die Mädchen zu ärgern.

Von da an ging natürlich niemand mehr freiwillig aufs Klo. Wenigstens nicht allein. Auch nicht zu zweit.

Das mindeste waren drei Begleiter. Der erste Begleiter stand an der Eingangstür. Der zweite kontrollierte die leeren Kabinen nach schwarzen Schuhen. Der dritte bewachte das Fenster.

Die anderen Klassen wunderten sich, warum es am Klo ständig so einen Auflauf gab.

Die 3C hüllte sich in Schweigen. Schließlich musste es ja nicht gleich die ganze Schule wissen …

Trotzdem dauerte es höchstens zwei Pausen, und alle sprachen von nichts anderem.

Überall steckten Kinder die Köpfe zusammen. Sie munkelten und tuschelten und tauschten aus, was sie gehört hatten.

Schließlich hatte jeder etwas anderes gehört. Und jeder kannte einen, der wieder etwas anderes gehört hatte.

Oder sogar einen, der etwas gesehen hatte.

Oder einen, der einen kannte, der etwas gesehen hatte.

Oder einen, der etwas über einen, der etwas gesehen hatte, gehört hatte.

Und natürlich wollte jeder alles wissen, was gehört und gesehen worden war.

Unbedingt.

3. KUSCHELIG GEHT'S AUCH

Am nächsten Tag wusste die ganze Schule, dass sich jemand Gefährlicher auf den Klos herumtrieb.

Jemand Großer in schwarzen Schuhen, möglicherweise mit einem Messer bewaffnet und vermutlich ziemlich blutrünstig.

Wanda war die Erste, die sich weigerte, in der Schule aufs Klo zu gehen. „Ich bin ja nicht lebensmüde", verkündete sie. „Und ich weiß, was ich gesehen habe."

Weil sie allerdings gerade einen halben Liter Apfelsaft getrunken hatte, brauchte sie nun ziemlich dringend ein Klo.

Sie lief die Treppen hinunter, aus der Schultür hinaus und ins Kaffeehaus hinein, das gleich neben der Schule war. Zum Glück war Frau Pschistranek, der das Kaffeehaus gehörte, gerade mit ihrem Geschirrspüler beschäftigt, und so konnte sich Wanda unbemerkt an ihr vorbeischleichen.

Das Kaffeehaus hatte ein wunderschönes Klo, viel hübscher als das Schulklo, das immer schlecht roch und kalt und zugig war.

Auf dem Schulklo konnte es passieren, dass man in eine kleine, gelbe Pfütze hineinstieg, im schlimmsten Fall auch noch in Socken. Das war so eklig, dass man am liebsten tot umgefallen wäre.

Manchmal vergaßen die Kinder auf dem Schulklo auch,

runterzulassen, was mindestens genauso eklig war. Außerdem gab es zum Händewaschen nur eiskaltes Wasser, hässliche graue Papiertücher zum Abtrocknen und keinen Spiegel über dem Waschbecken.

Im Kaffeehausklo hingegen war es warm und behaglich. An der Klotür hing ein niedlicher Katzenkalender. Neben dem Waschbecken stand eine hübsche Kommode mit einem Trockenblumenstrauß.

Der Spiegel war sauber, das Wasser war heiß, das Handtuch war flauschig, und die Seife sah nicht nur aus wie eine Rose, sondern roch auch genau so.

Wanda wunderte sich wieder einmal, wie unterschiedlich Klos sein konnten.

Leider war es natürlich verboten, im Kaffeehaus aufs Klo zu gehen. Jedenfalls für Schulkinder. Niemand durfte einfach so und ganz allein die Schule verlassen.

Und niemand durfte im Kaffeehaus aufs Klo gehen, ohne dort auch Kaffee zu trinken oder wenigstens ein Stück Kuchen zu essen.

„Schade“, dachte Wanda, während sie auf der warmen Klobrille saß, mit den Füßen baumelte und die Katzen an der Tür betrachtete. Genau so ein Klo hätte sie gern in der Schule gehabt!

Sie hatte sogar schon einen Brief an den Schulinspektor geschrieben und ihm vorgeschlagen, die Schulklos etwas kuscheliger zu gestalten.

Aber der Schulinspektor hatte nicht einmal geantwortet, und das wunderte Wanda nicht.

Schließlich hatte sie schon eine ganze Menge Briefe an alle möglichen Leute geschrieben und ihnen eine Menge guter Vorschläge gemacht. Fast nie hatte sie eine Antwort bekommen.

Einzig und allein der Mann vom Fernsehen hatte ihr zurückgeschrieben, dass es ihm zwar leidtat, dass das Kinderprogramm gestrichen wurde, nur weil ein wichtiges Tennisspiel war. Er könne aber auch nichts dagegen tun, weil viel mehr Leute Tennis schauen wollten als das Kinderprogramm.

Dabei meinte er sicher nur „viel mehr erwachsene Leute“, weil die einfach mehr zählten als Kinder.

Seufzend stand Wanda auf und betätigte die Spülung.

„Mit einem gefährlichen Mann auf dem Schulklo hat man wenigstens einen guten Grund, auf das Kaffeehausklo zu gehen“, dachte sie und seifte sich die Hände mit der duftenden Rosenseife ein. Dann wusch sie die Seife mit heißem Wasser ab, trocknete sich mit dem flauschigen Handtuch ab und schlich an Frau Pschistranek vorbei aus dem Kaffeehaus.

Als Wanda zurück in die Klasse kam, war Federica gerade dabei, Gefahrenschilder aus Karton zu basteln.

Große, weiße Dreiecke mit rotem Rand und einem schwarzen Mann darin.

Das sagte alles, das verstand jeder.

„Die hängen wir an alle Klotüren", sagte Federica. „Damit jeder weiß, worauf er sich einlässt."

Wanda nickte.

„Zur Not kann man ja auch ins Kaffeehaus gehen“, sagte Federica. „Wenn es wirklich sein muss.“

Wanda nickte wieder, dachte allerdings mit ein bisschen Wehmut an das schöne Kaffeehausklo.

Das würde jetzt vermutlich bald von allen dreihundert Schulkindern aufgesucht werden. Es würde nicht

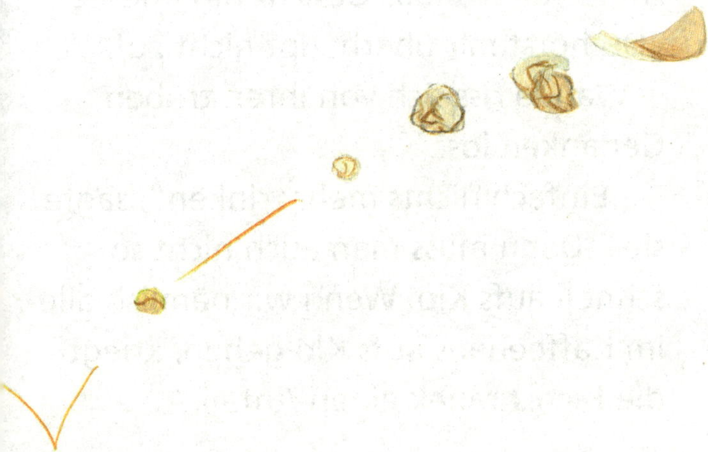

lange dauern, bis es genauso schlecht roch wie das Schulklo, das war klar.

Frau Pschistranek würde das Fenster

aufreißen, um den ekligen Geruch zu vertreiben, und dann wäre es auch aus mit der Wärme und der Behaglichkeit.

Wahrscheinlich würde nicht einmal der nette Katzenkalender lange auf seinem Nagel hängen bleiben. Das flauschige Handtuch würde auf den Boden fallen, Kinderschuhe würden darauf herumtrampeln ...

„Hallo?" Federica wedelte mit einer Hand vor Wandas Gesicht hin und her. „Du hörst mir überhaupt nicht zu!"

Wanda riss sich von ihren trüben Gedanken los.

„Einfach nichts mehr trinken", sagte sie. „Dann muss man auch nicht so schnell aufs Klo. Wenn wir nämlich alle im Kaffeehaus aufs Klo gehen, kriegt die Pschistranek einen Anfall."

„Gar nichts mehr trinken?“, fragte Federica. „Bist du verrückt?“

„Nur in der Schule natürlich. Und davor.“

„Aber trinken ist doch so wichtig. Jeden Tag sollte man ...“ Federica verstummte vor Wandas strengem Blick.

„Was ist wohl wichtiger“, fragte Wanda drohend. „Trinken oder am Leben bleiben?“

Dagegen konnte Federica nichts sagen. „Also gut“, murrte sie. „Ab morgen kein Saft mehr in der Schule.“

„Genau“, sagte Wanda. „Getrunken wird nur mehr am Nachmittag.“

Sie streckte Federica die rechte Hand hin, und Federica schlug ein.

4. PLITSCH, PLATSCH

Bisher hatte Wanda ihren Apfelsaft nur selten ausgetrunken. Manchmal hatte sie sogar ganz aufs Trinken vergessen und die volle Flasche wieder mit nach Hause gebracht.

Das ärgerte die Mama jedes Mal, weil der Saft in der Flasche schlecht wurde und die Flasche zu stinken begann.

Es konnte also gar nicht so schlimm sein, einen Vormittag lang nichts zu trinken, dachte Wanda.

Doch leider war das ein Irrtum.

Bereits kurz nach dem Aufstehen fühlte sich Wandas Mund so trocken und pelzig an, dass sie am liebsten den Zahnputzbecher ausgetrunken hätte.

„Möchtest du einen Kakao?", fragte Wandas Mama und schwenkte die

Milchpackung in der Hand. „Glucks, glucks", machte die Milch.

Wanda fuhr sich mit der Zunge über die spröden Lippen. „Nein, danke", sagte sie. „Heute nicht."

„Dann trink wenigstens deinen Orangensaft", sagte Mama und schenkte ihr ein Glas ein. „Hab ich gerade frisch gepresst."

„Plitsch, platsch", machte der Orangensaft.

„Nein, danke", sagte Wanda. Sie musste unbedingt schnell weg hier.

„Vergiss deine Jause nicht", sagte die

Mama, „und steck den Apfelsaft ein!“

„Nein, danke“, wollte Wanda eigentlich wieder sagen. Aber drei „Nein, danke“ in so kurzer Zeit hätte Mama nicht verstanden, und Wanda hatte nicht die geringste Lust, mit ihr über große schwarze Schuhe auf dem Schulklo zu diskutieren.

Also steckte sie den Apfelsaft in die Schultasche. Sie musste ihn ja nicht trinken.

Es wurde ein langer und quälender Vormittag.

Die meisten Kinder in

Wandas Klasse hatten eingesehen, dass es die einfachste und sicherste Lösung war, nichts mehr zu trinken. Sie alle hatten auf ihre Frühstücksmilch verzichtet und ihre Saftflaschen zu Hause gelassen.

Nun saßen sie da, starrten sehnsüchtig den Wasserhahn an und knirschten mit den Zähnen, als hätten sie Sand im Mund.

Frau Stampfl schaute irritiert von einem Kind zum anderen. Waren sie krank? Brüteten sie etwas aus? So still hatte sie ihre Klasse noch nie erlebt.

Aber wenigstens lief nicht alle paar Minuten eines von ihnen aufs Klo, wie sonst immer.

Frau Stampfl entschloss sich, die merkwürdige Ruhe zu ignorieren und mit ihrem Unterricht fortzufahren. Sie holte ihre Stifte heraus und die Folie vom Wasserkreislauf, den sie heute durchnehmen wollte, und schaltete den Overheadprojektor ein.

Wanda versuchte mit aller Kraft, nicht an die Flasche in ihrer Schultasche zu denken.

Am besten überhaupt nicht an Flaschen. Nicht an Glasflaschen, nicht an Plastikflaschen, nicht an Gläser, nicht an Becher, nicht an Äpfel, nicht an Birnen, nicht an Drehverschlüsse, nicht an Kohlensäure, vor allem aber nicht an den herrlich kühlen, säuerlichen, spritzigen

Apfelsaft in ihrer Schultasche, nur einen Handgriff entfernt

Wanda gab sich Mühe, aber es war hart, es war unmöglich, sie musste sich unbedingt ablenken.

Verzweifelt zwang sich Wanda, Frau Stampfl zuzuhören, die gerade hübsche blaue Wellenlinien auf die Folie zeichnete.

Aus einer kleinen Quelle machte sie zuerst ein munteres Bächlein und

:hließlich einen breiten Fluss. „Und der
uss fließt nun ins Meer“, erklärte Frau
:ampfl, „wo sich alles Wasser sammelt.“

Wanda kam ins Schwitzen. Seit Stunden
atte sie nun nichts mehr getrunken. Ihr
!und war völlig ausgetrocknet, ihre Zunge
ebte am Gaumen.

„Das Wasser verdunstet“, sprach Frau
ampfl weiter und deutete den Dunst
it ein paar zarten Strichen an, „und am
immel bilden sich Wolken. Wolken aus
uter kleinen Wassertröpfchen.“

„Hilfe, ich verdurste“, dachte Wanda.

„Wenn sie noch ein einziges Mal Wasser sagt, schreie ich.“ Sie spürte, wie ihr schwindlig wurde.

„Aus den Wolken kommt schließlich der Regen“, schloss Frau Stampfl, „und das Wasser kehrt zurück auf die Erde. Die Erde wird nass, die Bäche füllen sich. Pflanzen und Tiere freuen sich über das Wasser.“

„Ohne Wasser“ – sie ging zur Tafel, um diesen wichtigen Satz aufzuschreiben –

„gibt es kein Leben."

Ein Stöhnen ging durch die Klasse. Wanda wurde schwarz vor den Augen. Ihre Nasenspitze glühte, ihre Hände fühlten sich an wie Schmirgelpapier.

„So, das war's für heute", sagte Frau Stampfl. „Ich freue mich, dass euch das Thema so gefällt. Morgen machen wir ein paar schöne Versuche mit Wasser. Das wird sicher hochinteressant." Sie packte ihre Sachen zusammen und verließ die Klasse.

Kaum war sie draußen, stürzten die Kinder zum Wasserhahn. Wanda riss die Schultasche auf, die Apfelsaftflasche heraus und den Verschluss herunter. Endlich konnte sie trinken, trinken, trinken …

Sie hörte erst auf, als die Flasche leer war. Danach musste sie rülpsen.

„Wir brauchen eindeutig eine andere Lösung", sagte sie zu Federica. „Ab jetzt gehen wir zum Angriff über."

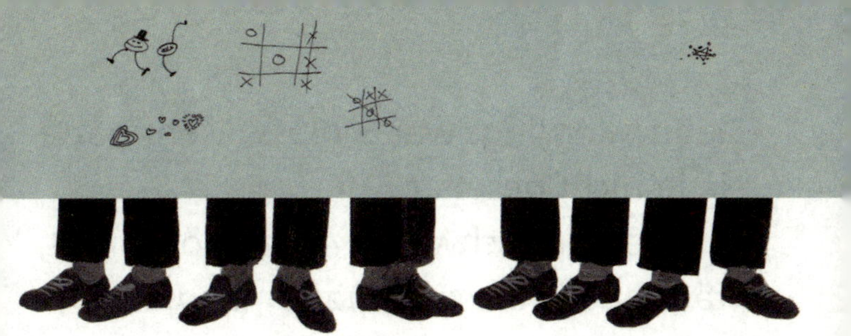

600 SCHWARZE SCHUHE

Als Erstes machen wir ein Phantombild“, ıgte Federica am nächsten Tag zu Wanda. 3evor wir den Anzugmann vertreiben önnen, müssen wir ihn nämlich zuerst nmal finden.“

Wanda nickte. „Das Phantombild ist kein oblem“, sagte sie und nahm einen spitzen eistift aus ihrem Federpennal. „Immerhin nd wir richtige Augenzeugen.“

Sie begann das Phantombild von unten, ei den schwarzen Schuhen.

Sie war noch ziemlich sicher, was die hwarzen Socken betraf.

Und auch die schwarzen osenbeine bekam e mühelos hin.

Dann allerdings war Schluss. Mehr hatte sie ja nicht gesehen.

„Wer eine schwarze Anzughose trägt, trägt auch eine schwarze Anzugjacke“, sagte Federica. „Und außerdem hat er wahrscheinlich ein finsteres Gesicht mit Augen und Nase.“

Also zeichnete Wanda eine schwarze Anzugjacke über die Hose und ein finsteres Gesicht.

„Vielleicht hat er auch einen Bart“, sagte sie. „Das könnte doch sein, oder?“

„Stimmt“, gab Federica zu. „Einen Bart könnte er noch haben. Am besten, du zeichnest ein zweites Phantombild. Eines mit Bart.“

Also zeichnete Wanda ein zweites Phantombild. Schwarze Schuhe, schwarze Socken, schwarze Anzughose, schwarze Anzugjacke, finsteres Gesicht mit Bart.

„Schnurrbart oder Vollbart?“, fragte sie.

Federica zögerte. „Schnurrbart“, sagte sie schließlich. „Und für alle Fälle vielleicht noch ein drittes Bild mit Vollbart. Dann sind wir auf der sicheren Seite.“

Endlich waren die drei Phantombilder fertig.

„Er könnte natürlich auch eine Brille haben“, murmelte Federica. „Und keinen Bart. Oder eine Brille und einen Schnurrbart. Oder … eine Brille und einen Vollbart.“

„Sehr witzig“, sagte Wanda ein bisschen eingeschnappt. „Er könnte auch längere Haare haben oder Locken oder eine Glatze! Aber wenn ich das alles zeichnen muss, werde ich ja nie fertig!“

„Stimmt“, sagte Federica düster. „So geht das wirklich nicht.“

Eine Zeit lang brüteten beide stumm vor sich hin.

Während sie vor sich hin brüteten, kam Oli vorbei. Er warf einen Blick auf die drei Phantombilder und rümpfte die Nase.

„Sehr gefährlich sehen die aber nicht aus", sagte er. „Und wo ist überhaupt das Messer?"

Oje, das Messer hatten sie tatsächlich vergessen. Doch bevor Wanda noch schnell drei Messer zeichnen konnte, hatte Federica eine Idee.

„Ich hab's!", rief sie und sprang auf. „Wir brauchen einen Kopierer!"

„Einen Kopierer?", fragte Wanda. „Was willst du denn kopieren?"

„Die Schuhe und die Socken und die Anzughose natürlich", sagte Federica. „Damit ersparen wir uns die meiste

Arbeit. Und den Rest können dann die anderen machen."

Sie schaute Oli scharf an. „Wenn sie es schon immer besser wissen."

Genau so machten sie es.

Wanda zeichnete Schuhe, Socken und Hosenbeine ein letztes Mal säuberlich auf ein schönes Blatt Papier.

Mit dem Blatt gingen sie zum Lehrerzimmer und klopften entschlossen an. Zum Glück machte ihnen Herr Geigenbauer auf. Herr Geigenbauer glaubte alles, was man ihm sagte.

„Wir sollen diese Seite kopieren lassen", sagte Federica und hielt ihm den halben Mann hin „Dreihundertmal."

„Dreihundertmal?" Herr Geigenbauer

betrachtete die Zeichnung ratlos. „Seid ihr sicher?“

Federica und Wanda nickten.

„Es ist für unser Zeichenprojekt“, erklärte Federica.

Zeichenprojekt war das Zauberwort. Herr Geigenbauer liebte Projekte. Am meisten liebte er Musikprojekte, aber gleich danach kamen die Zeichenprojekte.

Jede Stunde redete er darüber, dass in der Schule viel zu wenig Platz für Projekte war. Dass es viel zu viel Mathematik gab und viel zu wenig Musik.

Deswegen zögerte er auch gar nicht mehr lange, sondern kopierte den halben Mann wie gewünscht dreihundertmal auf feinstes weißes Kopierpapier.

„Danke vielmals“, sagte Wanda, als er ihr den Papierstapel in die Hand drückte.

Die Mädchen machten, dass sie davonkamen. Sicher wartete Frau Stampfl schon auf sie.

6. PIRATEN, RÄUBER, MENSCHENFRESSER

In der nächsten Pause teilten Wanda und Federica die dreihundert halben Männer an die anderen Kinder aus.

„Jeder zeichnet, was ihm einfällt“, sagte Federica. „Schnurrbart, Brille oder Hut, ganz egal. Hauptsache, die Bilder sehen verschieden aus. Und

gefährlich. Und vergesst um Himmels Willen das Messer nicht."

„Er könnte eine Augenklappe haben", sagte Oli. „Oder einen Strumpf auf dem Kopf."

„Eine Narbe quer über das Gesicht", schlug Luise vor. „Oder eine Clownmaske."

„Riesige Zähne“, rief Hilde. „Und abstehende Ohren.“

„Eine Warze am Kinn“, sagte Manuel. „Und drei Augen.“

„Genau“, sagte Wanda. „Oder auch alles gleichzeitig.“

Sie beugten sich über ihre Zettel und begannen zu zeichnen. Piraten mit Augenklappen, Bankräuber, Menschenfresser, Mafiabosse und Kinderfänger.

Alle hatten blutige Messer in der Hand, manche hatten außerdem eine Steinschleuder, einen Säbel, ein Schwert oder einen Degen, ja, sogar ein Revolver war zu sehen.

Wanda und Federica gingen von Tisch zu Tisch und lobten die Zeichnungen und die Einfälle. Die schwarzen Männer sahen wirklich schon sehr gefährlich aus.

„Wer sagt eigentlich, dass er ein richtiger Mensch ist?“, fragte Sabrina auf einmal.

Die anderen nickten andächtig. Was für eine naheliegende Idee!

Sabrina hatte absolut und eindeutig recht. Nur weil er schwarze Schuhe anhatte, musste er noch lange kein Mensch sein.

Genauso gut konnte er nämlich auch ein Zombie sein. Eine wüste Gestalt, die halbverwest, mit ausgestreckten Armen und leerem Blick durch die Schule irrte.

Oder ein Alien, der sich bei jeder Gelegenheit die eigene Gesichtshaut abzog.

Ein schleimiges Monster mit Kettensäge und schwarzen Schuhen.

Eine eiskalte Killermaschine mit einem Kopf aus Stahlrohren.

Ein Vampir mit klammen Messerfingern oder ein tollwütiger Werwolf. Die Liste war lang und unerschöpflich. Möglich war alles.

Die Kinder legten ihre Zeichnungen weg und griffen nach einer neuen Kopie. Die Filzstifte kratzten wild über das Papier.

„Vielleicht ist es auch nicht nur einer“, warf Wanda ein, während sie ihre achte Zeichnung an die Wand pinnte, und auch damit hatte sie leider recht.

Sie hatten nur einen gesehen, aber das hieß noch gar

nichts. Möglicherweise hatten sich die anderen nur besser versteckt?

Ja, vielleicht war es eine ganze Gruppe von wahnsinnig gewordenen Untoten, die sich in der Schule herumtrieb.

Vielleicht konnten sie sich bei Bedarf unsichtbar machen, hockten bereits in jeder Klasse und warteten auf den einen Schüler, der sein Hausaufgabenheft vergessen hatte!

Man durfte gar nicht daran denken.

7. EIN PLAN MUSS HER

Die Phantombilder wurden im ganzen Schulhaus aufgehängt, quer über alle Gänge und vor alle Klassen.

Aus allen Ecken schauten jetzt düstere Gestalten hervor, finster und messerschwingend, mit Bart oder ohne, außerdem Zombies, Aliens und Monster.

Mittlerweile ging kein einziges Kind mehr in der Schule aufs Klo.

Das Klo war einfach zu gefährlich, da halfen alle Begleitungen nichts. Schon gar nichts halfen die halbherzigen Beteuerungen der Lehrer, da wäre doch niemand, längst wären alle Klos durchsucht worden, immer wieder und täglich aufs Neue.

Die Lehrer hatten einfach keine Ahnung.

Was sollten ihre lächerlichen Durchsuchungen schon bewirken? Sie wussten ja nicht einmal, mit wem sie es zu tun hatten!

Nein, auf die Erwachsenen war kein Verlass, sie waren viel zu gutgläubig und träge.

Nie im Leben konnten sie die Kinder beschützen, wenn es wirklich darauf ankam. Das mussten die Kinder schon selbst in die Hand nehmen, am besten jetzt sofort – und ohne irgendjemanden um Erlaubnis zu fragen.

„Wir machen eine Versammlung“, sagte Wanda zu ihren Mitschülern. „Um zehn Uhr im Turnsaal. Bitte weitersagen!“

Federica ging in die 1A und sagte es ihrer Schwester. Oli informierte seinen Bruder in der 4B. Olis Bruder steckte seinem Freund in der 4A einen Zettel zu, der wiederum sagte es seiner Kusine in der 2C, von wo aus es alle Zweitklassler erfuhren.

Pünktlich um zehn waren alle da.

Nur die Lehrer kamen nicht, aber die waren ja auch nicht eingeladen.

Wanda schwang einen Balancierstab in der Hand

und schlug ihn gegen den
Sprungkasten, dass es nur so dröhnte.
Alle dreihundert Kinder schauten zu ihr.

„Danke, dass ihr gekommen seid!", rief Wanda. „Wir haben ein Problem … Das müssen wir lösen, und zwar schnell!"

Die Kinder applaudierten und johlten.

„Wir wollen keinen Anzugzombie auf dem Klo!", rief Wanda. „Und deswegen werden wir ihn vertreiben!"

Die Kinder trampelten vor Begeisterung.

„Aber noch wissen wir nicht genau, wie", sagte Wanda und schnitt eine Grimasse. „Hat jemand einen Vorschlag?"

Im Turnsaal wurde es still. Die Kinder schauten sich ratlos an und zuckten mit den Schultern. Niemand rührte sich.

„Vielleicht ist er ja schon weg", schlug irgendjemand vor. Aber das glaubte natürlich keiner.

So einfach würden sie den Anzugzombie nicht davonkommen lassen. Auf gar keinen Fall.

„Am besten machen wir einen Plan“, sagte Federica schließlich.

Die Kinder nickten. Einige klatschten auch, aber nicht mehr ganz so begeistert wie vorher.

Ein Plan, das war noch nicht sehr viel.

Endlich meldete sich ein winziger Junge aus der ersten Klasse, mit weißblonden Stoppelhaaren, abstehenden Ohren und einer runden Brille auf der Nase.

„Wir könnten Nagelmatten auflegen“, piepste er. „Falls der Monstermann mit dem Auto kommt. Dann fährt er drüber, und seine Reifen platzen. Die Polizei macht das auch so, das hab ich im Fernsehen gesehen!"

Die anderen Kinder schwiegen betreten. Manche verdrehten die Augen, einige schüttelten den Kopf.

Die umstehenden Erstklassler stießen den winzigen Jungen an. Warum musste er sich auch wichtigmachen, und dann noch dazu mit einem so blöden Vorschlag?

Jetzt dachte sicher jeder, die Erstklassler wären alle so dumm!

Aber noch während sie ihn anstießen und böse anschauten, klopfte Wanda schon wieder auf den Sprungkasten.

„Sehr gut", sagte sie und schrieb groß „Nagelmatten" auf das weiße Packpapier, das hinter ihr an der Sprossenwand hing. „Noch irgendwelche Ideen?"

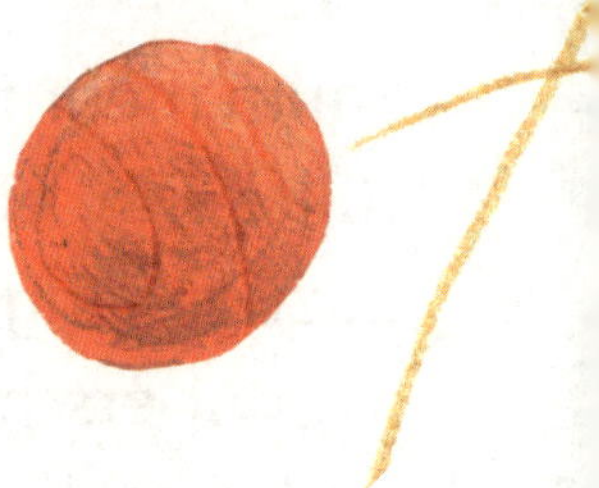

„Wie wäre es mit einer Fallgrube?“, fragte einer aus der Dritten. „Direkt vor dem Klo?“

Die anderen Kinder stöhnten, vor allem die Drittklassler. Wie sollte man wohl eine Fallgrube in den Schulboden graben?

Aber Wanda nickte. „Wunderbar“, sagte sie und schrieb „Fallgrube“ auf das Packpapier. „Noch etwas?“

Jetzt kamen bereits von mehreren Seiten Ideen, zuerst zögerlich, dann immer schneller.

„Wir legen Klebstreifen aus, an denen er kleben bleibt!“

„Wir bewachen die Klos mit Videokameras!“

„Wir werfen Stinkbomben!“

„Wir räuchern ihn aus!“

„Mit Tränengas!“

„Mit Niespulver!“

Wanda kam mit dem Aufschreiben

kaum mehr nach. Das Packpapier füllte sich, ein zweiter Bogen wurde dazugehängt.

„Wir erschrecken ihn zu Tode!"

„Wir nehmen ihm das Klopapier weg!"

„Wir sperren die Klotür zu und lassen ihn verhungern!"

„Wir stellen Wachen auf!"

„Wir reden mit ihm!"

„Knoblauch!"

„Feuer!"

„Hunde!"

Wanda schrieb und schrieb

und schrieb, bis wirklich alle Vorschläge auf der Liste standen.

„Großartig“, sagte sie endlich und legte den Stift weg. „Damit kommen wir zu Punkt zwei. Für jeden Vorschlag brauchen wir eine Arbeitsgruppe, die einen konkreten Plan ausarbeitet.“

Die anderen Kinder applaudierten wieder.

„Ich bin bei den Hunden!“, rief Oli. „Wer macht mit?“

„Ich übernehme die Videokameras!“, rief Luise. „Da kenne ich mich aus!“

„Ich kümmere mich um den Knoblauch“, sagte Manuel.

8. BESETZT!

Im Turnsaal herrschte Hochbetrieb. Vierundzwanzig Arbeitsgruppen arbeiteten Ideen aus.

Die Nagelmattengruppe hatte sämtliche Nägel aus dem Werkraum geholt und ordnete sie nun nach Größe.

Die Videogruppe zeichnete einen Plan, an dem die besten Stellen für die Kameras vermerkt wurden.

Die Klebstreifengruppe schnitt schon einmal lange Papierstreifen zurecht und rührte den Kleister an.

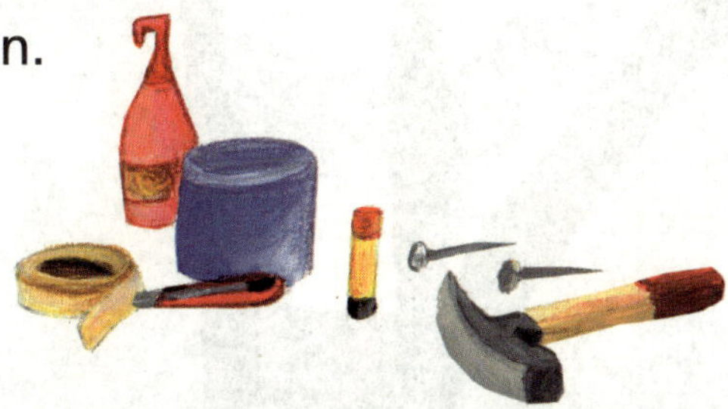

Und die Hundegruppe notierte alle Hunde, die in Frage kamen und was sie konnten, was sie mochten und wie sie belohnt werden wollten.

Längst hatte die dritte Stunde begonnen. Die Lehrer saßen allein in den Klassen.

Vielleicht wurden ja nun sie von den Menschenfressern verschlungen.

Recht geschah ihnen, hätten sie eben nicht alles so abgetan! Jetzt mussten sie selbst sehen, wie sie mit heiler Haut davonkamen.

Es wurde Mittag. Die ersten Kinder verließen die Versammlung, um im Kaffeehaus nebenan aufs Klo zu gehen, kamen aber zurück, so schnell sie konnten.

Selten hatte man in der Schule so viel Eifer, Fleiß und Begeisterung erlebt.

Die Lehrer kamen und beschwerten sich über die leeren Klassen. Doch kein Kind rührte sich.

Der Schulwart kam und versuchte, die Kinder aus dem Turnsaal zu vertreiben. Er musste den Turnsaalboden aufwischen, schließlich wollte der Turnverein am Abend hier herein.

Frau Pschistranek kam und beschwerte sich über die vielen Kinder auf ihrem Kaffeehausklo. So konnte das nicht weitergehen, das Handtuch war schon völlig verschmutzt!

Die Eltern kamen und wollten wissen, wo ihre Kinder blieben. Das Mittagessen stand auf dem Tisch!

Aber die Kinder achteten weder auf sie noch auf die Lehrer, nicht auf Frau Pschistranek und nicht auf den Schulwart.

„Wir haben zu tun“, sagte Wanda zu ihrer Mama, während sie einen genauen Plan von der ganzen Schule zeichnete. „Das siehst du doch.“

„Aber die schönen Palatschinken?“, rief Mama. „Soll ich die wegwerfen?“

Wanda schüttelte den Kopf. „Bring sie halt her!“, schlug sie vor. „Hier kommen sie sicher weg.“

Und so war es auch. Sie kamen nicht nur weg, nein, es waren natürlich viel zu wenige Palatschinken für so viele hungrige Kinder.

Also holte Wandas Mama Mehl und Milch und Eier und verzog sich, gemeinsam mit ein paar anderen Mamas und Papas, in die Schulküche. Schließlich sollten ihre Kinder nicht verhungern, wenn sie schon so fleißig waren.

Am Abend waren die Arbeitsgruppen noch immer nicht fertig.

Mittlerweile waren riesige Pläne entstanden, Zeichnungen bedeckten den Turnsaalboden, Listen mit Vor- und Nachteilen hingen an den Wänden.

Der Turnverein klopfte vergebens ans Schultor. Heute musste er woanders turnen, zuerst musste eine Lösung gefunden werden, ein für alle Mal, daran gab es nichts zu rütteln.

Erst als es schon stockdunkel war, gelang es den Eltern endlich, ihre Kinder mit nach Hause zu nehmen.

9. DER ANZUGZOMBIE

Am nächsten Tag waren alle pünktlich wieder da. Leider war der Turnsaal noch versperrt.

Dafür stand eine ganze Menge Leute vor der Tür: die Frau Direktor, Frau Stampfl, Herr Geigenbauer, alle anderen Lehrer … und mittendrin ein fremder Mann, den Wanda noch nie in ihrem Leben gesehen hatte.

Streng sah er aus, beinahe bedrohlich. Er hatte einen silbernen Schnauzbart und silberne Haare, und er trug – einen schwarzen Anzug!

Wanda bekam vor Aufregung Schluckauf. Schnell zwängte sie sich zwischen den anderen Kindern durch und warf einen Blick auf seine Schuhe. Sie waren groß und ebenfalls schwarz. Und nicht nur das!

„Das sind sie!“, zischte Wanda Federica zu, die sich natürlich mit ihr durchgezwängt hatte. „Genau so haben sie ausgesehen!“

Federica rieb sich den Schlaf aus den Augen. „Wer hat wie ausgesehen?“

„Die Schuhe! Groß, schwarz! Und dann dieses Lochmuster! Und diese Schnürriemen!“

Wandas Stimme war nur mehr ein tonloses Flüstern. „Das sind die Schuhe – vom Anzugzombie!“

Federica wurde blass. „Du hast recht“, flüsterte sie. „Das sind sie. Was machen wir jetzt nur?“

In diesem Augenblick räusperte sich die Frau Direktor. „Ich bitte um Ruhe!“, sagte sie laut. „Liebe Kinder, ich darf euch unseren Schulinspektor vorstellen. Er ist gekommen, um etwas mit euch zu besprechen.“

Wanda boxte Federica in die Seite. Schulinspektor? Dass sie nicht lachte! Das konnte ja jeder sagen!

Aber für eine Warnung war es bereits zu spät: Der fremde Mann zog einen Zettel aus seiner Anzugtasche und hielt ihn hoch.

„Vor ein paar Wochen habe ich einen Brief bekommen!“, rief er mit dröhnender Stimme. „Einen Brief von einem Kind aus eurer Schule.“

Er machte eine Pause, schaute über den Rand seiner Brille und ließ

seinen kalten Blick über die Schüler streifen.

„Dieses Kind hat sich über den Zustand der Schulklos beschwert. Sie würden stinken, wären hässlich und schmutzig und ...“ Er warf einen Blick auf den Zettel und runzelte die Stirn: „... Viel zu wenig kuschelig, was immer das auch heißen mag.“

„Das stimmt!“, rief Oli. „Unsere Schulklos sind fürchterlich. Und jetzt haben wir dort noch dazu einen Anzugzombie, das ist echt nicht lustig!“

Wanda stieß Federica an und biss sich auf die Lippen. Konnten diese großen schwarzen Schuhe wirklich dem Schulinspektor gehören?

Irgendwie klang das verdächtig nach dem Brief, den sie geschrieben hatte …

Besonders an die Stelle mit dem „kuschelig“ konnte sie sich ziemlich genau erinnern.

Der Schulinspektor zog eine Augenbraue hoch.

„Nun, ich habe mir eure Schulklos mittler weile selbst angeschaut. Und zwar ausführlich. Jedes einzelne habe ich persönlich inspiziert.“

Wieder machte er eine Pause.

„Und ich bin zu dem Schluss gekommen:
Dieses Kind hat leider völlig recht.
Die Schulklos sind eine regelrechte Zumutung!“

Wanda spürte, wie sie rot vor Freude wurde.

„Deswegen habe ich auch bereits festgelegt“, sagte der Schulinspektor, „dass sie während der Ferien renoviert werden.“

Ein paar Kinder begannen zu klatschen, die anderen fielen ein.

„Und was ist mit dem Anzugzombie?“, rief Oli.

Der Schulinspektor hob die Hand.

„Natürlich werden die neuen Klos modern und sauber sein“, sagte er. „Wie wir sie allerdings kuschelig machen sollen, das ist mir noch nicht so ganz klar ...“

Er schaute die Kinder fragend an.

„Wir könnten eine Arbeitsgruppe gründen“, sagte Wanda. Ihre Stimme war ein bisschen heiser, fast piepsig.

Immerhin war es ihre Idee gewesen, und wenn man schon einmal die Chance hatte, ein kuscheliges Klo zu bekommen, musste man die nützen. Um jeden Preis.

Der Schulinspektor nickte.

„Gute Idee", sagte er. „Dann darf ich wohl davon ausgehen, dass du gerne in dieser Arbeitsgruppe wärst?"

„Ich und Federica", sagte Wanda. „Und Frau Pschistranek, weil die nämlich am besten weiß, wie man ein Klo kuschelig macht."

„Wunderbar", sagte der Schulinspektor. „Dann hätten wir das auch besprochen. Und jetzt darf ich mich verabschieden."

Die anderen Kinder begannen wieder zu klatschen und zu johlen.

Der Schulinspektor trat ein paar Schritte auf Wanda zu und schüttelte ihr die Hand.

„Heißt du vielleicht Wanda?“, fragte er leise.

Wanda nickte.

„Vielen Dank für den Brief“, sagte der Schulinspektor. Dann beugte er sich noch ein Stück näher zu ihr und raunte ihr zu: „Vielleicht könntest du die Geschichte mit dem Anzugzombie in der Zwischenzeit aus der Welt schaffen?“

Wanda nickte. „Kein Problem“, krächzte sie. „Und vielen Dank fürs Kommen!“

Sie sah ihm nach, wie er auf dem Absatz seiner großen schwarzen Schuhe umdrehte und den Turnsaal verließ. Dann stieß Wanda Federica mit dem Ellbogen an.

„Das hättest du jetzt nicht gedacht, was?“, sagte sie.

Und damit hatte sie recht.

BESETZT Leserätsel

Du hast jetzt das ganze Buch gelesen und kannst sicher diese vier Fragen beantworten. Setzte sie in die richtigen Zeilen des Kreuzworträtsels ein:

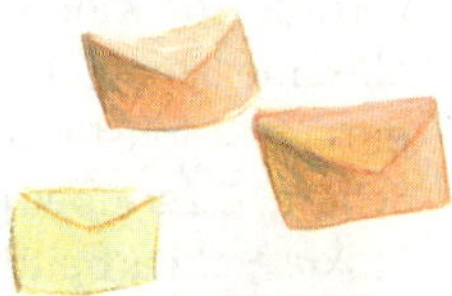

1. Was zeichnet Wanda, um den Anzugmann zu finden?
2. Wo machen die Kinder ihre Versammlung?
3. Wem hat Wanda einen Brief wegen des Schulklos geschrieben?
4. Wo geht Wanda am nächsten Tag aufs Klo?

Im senkrechten gelben Balken steht das Lösungswort: Der Name der Autorin

Lösungswörter: 1. PHANTOMBILD, 2. TURNSAAL, 3. SCHULINSPEKTOR, 4. KAFFEEHAUS

SASKIA HULA

arbeitet abwechselnd mit Kindern und mit Geschichten, manchmal auch mit beiden gleichzeitig. Sie hat zahlreiche Kinderbücher veröffentlicht, die in mehrere Sprachen übersetzt wurden. Besonders gern schreibt sie über vergessliche Kinder, wilde Monster und einsame Schafe. Oder über wilde Kinder, einsame Monster und vergessliche Schafe. Oder über ganz etwas anderes. Saskia Hula arbeitet als Lehrerin in Wien.

MARIA STALDER

kam 1986 auf die Welt. Sie ist Illustratorin und Lehrerin für Bildnerisches Gestalten und lebt in Luzern. In der Schweiz nennt man Palatschinken „Omeletten", und die isst Maria schon immer sehr gerne. Sie malt am liebsten den ganzen Tag lang und hört dazu Geschichten.